文 笠井真理

出生於北海道，作品細膩描寫兒童心情微妙的變化，在日本各地演講和說故事。日本兒童文藝家協會會員，日本兒童出版美術家聯盟會員。作品有「小熊酷酷」系列、《菊地柑仔店》、《了不起的一年級》、《我和餅乾再會》、《特別的一天》、《哼！我吃醋了》、《蠟筆斷掉的時候》（以上暫譯）等多本書籍。

　　作者官網：http://kasaimari.com/

圖 北村裕花

1983年出生於日本栃木縣，畢業於多摩美術大學。現為插畫家、繪本作家。繪本作品有《被罵了，怎麼辦？》（小熊）、《飯糰忍者》（步步）、《男爵薯國王和五月皇后》（三民）等書。另有《洋子的話》（暫譯）隨筆集插畫等。

翻譯 蘇懿禎

臺北教育大學國民教育學系畢業，日本女子大學兒童學碩士，目前為東京大學教育學博士候選人。熱愛童趣但不失深邃的文字與圖畫，有時客串中文與外文的中間人，生命都在童書裡漫步。夢想成為一位童書圖書館館長，現在正在前往夢想的路上。

　　在小熊出版的翻譯作品有《被罵了，怎麼辦？》、《下雨天去遠足》、《偷朋友的小偷》、《廚房用具大作戰》、《比一比，誰最長？》、《媽媽一直在你身邊》、「媽媽變成鬼了！」系列、「我要當假面騎士」系列等。

精選圖畫書

吵架了，怎麼辦？

文／笠井真理　圖／北村裕花　翻譯／蘇懿禎

總編輯：鄭如瑤｜主編：施穎芳｜特約編輯：邱孟嫻｜美術設計：藍鯨一號｜行銷副理：塗幸儀

出版：小熊出版／遠足文化事業股份有限公司｜發行：遠足文化事業股份有限公司（讀書共和國出版集團）
地址：231 新北市新店區民權路 108-3 號 6 樓｜電話：02-22181417｜傳真：02-86672166
劃撥帳號：19504465｜戶名：遠足文化事業股份有限公司｜Facebook：小熊出版｜E-mail：littlebear@bookrep.com.tw
讀書共和國出版集團網路書店：www.bookrep.com.tw｜客服專線：0800-221029｜客服信箱：service@bookrep.com.tw
團體訂購請洽業務部：02-22181417 分機 1124｜法律顧問：華洋法律事務所／蘇文生律師
印製：凱林彩印股份有限公司｜初版一刷：2022 年 3 月｜初版七刷：2024 年 5 月
定價：320 元｜ISBN：978-626-7050-68-2

KASHITA TSUMORI X MORATTA TSUMORI written by Mari Kasai, illustrated by Yuka Kitamura
Text copyright © 2020 Mari Kasai
Illustrations copyright © 2020 Yuka Kitamura
All rights reserved.
Original Japanese edition published by Kumon Publishing Co., Ltd.

This Traditional Chinese edition is published by arrangement with Kumon Publishing Co., Ltd, Tokyo in care of Tuttle-Mori Agency, Inc., Tokyo through Future View Technology Ltd., Taipei.

國家圖書館出版品預行編目（CIP）資料

吵架了,怎麼辦?/笠井真理文；北村裕花圖；蘇懿禎翻譯. -- 初版. -- 新北市：小熊出版：遠足文化事業股份有限公司發行, 2022.03
32 面；21 x 26 公分. --（精選圖畫書）
注音版
ISBN 978-626-7050-68-2(精裝)

861.599　　　　　　111000939

小熊出版讀者回函

小熊出版官方網頁

吵架了，怎麼辦？

文／笠井真理

圖／北村裕花

翻譯／蘇懿禎

「恐龍圖鑑真好看。」

小連看著剛買的恐龍圖鑑，看得相當入迷。

暴龍

「我要把恐龍圖鑑借給大智。」

小連迫不及待的跑出門。

「我喜歡暴龍，大智喜歡棘龍。」

棘龍

大智已經在公園等他了。

附近正在施工的大樓

發出巨大的聲響。

哐啷！哐啷！

這時，小連說：

「恐龍圖鑑借給你。」

但是，

大智聽到的是：

「恐龍圖鑑……給你。」

嗞嘟！
嗞嘟！

大智好開心。

「小連，真的可以嗎？」

「可以啊！沒問題。」

小連說的是借書，

大智聽到的是送書。

這天午休時，小連對大智說：「我的恐龍圖鑑可以還我了吧？」

「咦？為什麼？」

「咦？什麼為什麼？」

「你不是給我了嗎？為什麼要還你？」

「我沒有說要給你呀！」

「你明明就說要給我的！」

你一言我一語，開始吵了起來。

班上的同學都驚訝的看著他們。

汀汀站到了兩個人中間。

「你們一個人說有，一個人說沒有，

要怎麼知道誰說的是真的？」

小連和大智異口同聲說：

「我沒有說謊！」

汀汀又說：「可能你說了，

但是對方沒有聽到呀！」

瞬間，兩個人回想起那天的情景。

「這麼說來……」

「該不會……」

「但是，本來就是我的恐龍圖鑑啊！快還我！」

小連大聲說著。

「我還你總可以了吧！」

大智生氣的說。

放學後，大智叫小連在公園等待，他回家拿書。

回到家的大智，臉色變得很難看。

「糟糕！」他開始用橡皮擦擦掉他畫在書上的圓圈和線條。

「我以為這是送我的，所以才畫上去⋯⋯」

他越著急越擦不乾淨。

用力擦啊擦，嘶！啪嘶！

他用膠帶把破掉的地方黏起來。

「嗚嗚⋯⋯」他忍不住哭了出來。

小連一邊等著，一邊自言自語：「只要把書還我就沒關係了，大智是我的好朋友，我還想約他一起玩呢！」

過了一會兒，大智鐵青著臉出現了。

小連打開書，嚇了一大跳。
不僅有鉛筆的痕跡，書頁也皺巴巴，
而且還亂七八糟的貼著膠帶。

「我的寶貝恐龍圖鑑居然變成這樣……」

小連好難過，用力把書闔上。

「這麼爛的書，才不是我的書！」

「這也不是我的呀！」

兩個人就這樣分開了。

失去主人的書，
孤孤單單的待在長椅上。
沒有人在，
也沒有人來。

小連一回到家，外頭就下起雨來。

「啊！恐龍圖鑑還在公園。

怎麼辦？書會被雨淋溼，

說不定還會被別人拿走。」

小連飛奔出門。

「都是大智的錯！大智最壞了！

絕對不原諒他！」

這時，
撐著傘的大智正看著長椅上的書。
「怎麼辦？但這又不是我的書……」

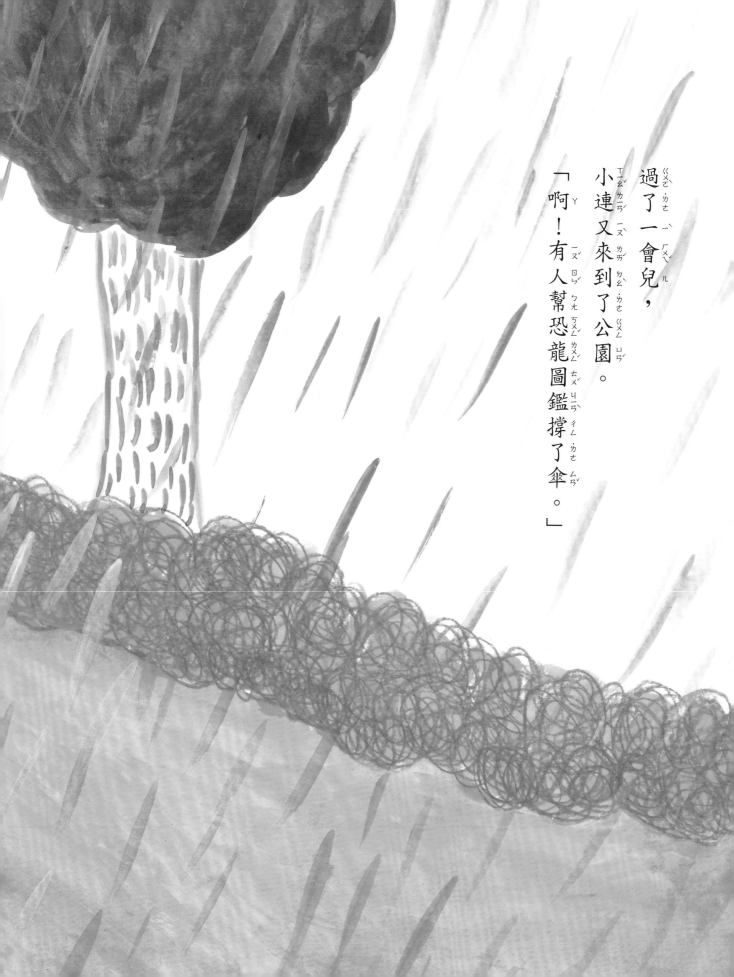

過了一會兒，
小連又來到了公園。
「啊！有人幫恐龍圖鑑撐了傘。」

大智全身溼淋淋的跑走了。

小連立刻追了上去。

小連終於追上了正在等紅燈的大智。

他把傘伸到全身溼答答的大智頭上，

噗哧一笑。

「大智，你好像遇到暴風雨的三角龍。」

「三角龍個性很溫和呢！」

他們看看對方，一起笑出來。

「啊！忘了拿恐龍圖鑑了！」

「對，趕快回去吧！」

長椅上的書，
正撐著傘等著他們！

幽默處理人際關係的能力

文／汪仁雅 「繪本小情歌」版主

不知道你有沒有過這樣的經驗？

孩子們為了某件小事開始鬥嘴，接著越演越烈，氣呼呼的又是鼻涕又是眼淚，告狀之聲不絕於耳。一開始大人會耐著性子想釐清緣由，問著問著發現孩子開始各說各話，甚至雞同鴨講，於是太陽穴開始隱隱發疼。

想當個好大人，努力調解紛爭，端出慎重的態度把孩子們叫過來，沒想到他們早已頭碰頭、肩並肩笑著聊著，就像什麼都沒發生過一樣，那種努力過頭的無奈，想想都尷尬。

如果你跟我有一樣的症頭，我要用力推薦這本《吵架了，怎麼辦？》，讀完有種任督二脈被打通的暢快。

仔細想想，童話、小說和繪本有時疾呼、有時喃喃的唯一真理就是：大人無需介入太多，孩子們有足夠的能力去處理生活裡遇到的問題，不管是被罵、說謊、吵架、生氣，每一次人際關係的對應與挫折，都是孩子成長的養分，滋養出面對困境的勇氣和智慧。人生就是如此，自己經歷過的才會真正懂得，別人的建議和規勸始終都隔層膜，總覺得沒那麼真切確然。那麼，我們為何要剝奪孩子學習的機會呢？

《吵架了，怎麼辦？》鮮活的搬演出孩子的日常，看似平淡的對話與場景，作者擅長用「問號」打開思考的維度，「為什麼？怎麼辦？」把問題拋給孩子去思考，孩子與孩子之間產生對話與交流，書裡書外，建構出一個專屬於孩子的空間與舞臺。原本共享恐龍圖鑑的美好情誼，卻因為小小的誤會傷了感情，看小智在書上又是筆記、又是畫線、又是貼補，對這本恐龍圖鑑的喜愛溢於言表，兩個小小愛書人，各有立場，只是誤會沒有對錯，讓孩子去思考爭吵的背後，如果換個角度，就會有不一樣的看法，故事同時也提醒孩子，話語是有力量的，每一句話、每個行動都需要慎而重之，吵架之後更要勇於承認錯誤，努力修補關係。友情和心愛的恐龍圖鑑一樣重要，要是因為小小的誤會，傷了感情還丟了書，那多不值得！

而這些看似簡單的道理，很多大人還不懂呢！（笑）

新的一年開始，依舊在繪本裡獲致理解與通透，真好！

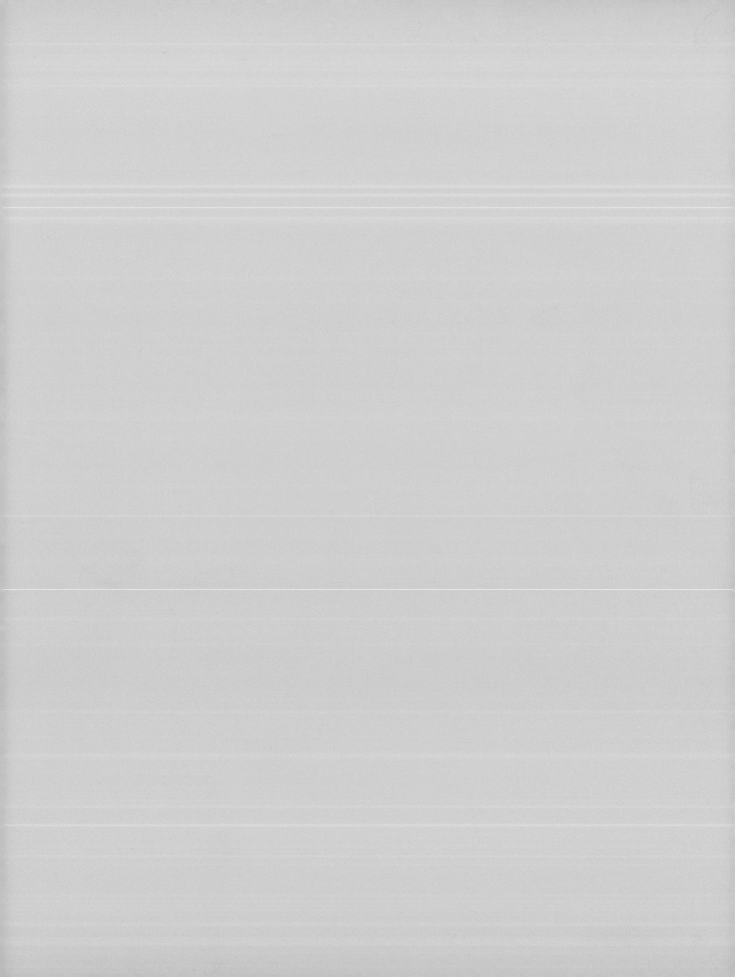